El alma de la casa

Théophile Gautier

Alberto López Sanjurjo

L'âme de la maison-Théophile Gautier

Traduction d'Alberto López Sanjurjo

Tous droits réservés

Dépôt légal : 2024

ISBN: 978-2-493729-35-4

"Un niño es un ángel

caído del cielo

 a quien Dios

ha cortado las alas

 para ponerlo en la tierra"

T. Gautier

El alma de la casa

I

Cuando estoy solo y no tengo nada que hacer, lo que me ocurre a menudo, me echo en un sillón, cruzo los brazos y luego, mirando fijamente el techo, me pongo a examinar mi vida.

Mi memoria, pintoresca maga, toma la paleta y traza a grandes rasgos y con algunas pinceladas una sucesión de cuadros jaspeados de los colores más resplandecientes y diversos; pues aunque ha sido casi nula mi existencia exterior, por dentro he vivido mucho.

En dicho panorama lo que sobre todo me gusta son los últimos planos, la franja que azulea y llega al horizonte, las lontananzas esbozadas en la nebulosidad, borrosa como el recuerdo de un sueño grato a la vista y al alma.

Ahí está mi infancia, juguetona y cándida, hermosa como una mañana de abril, virgen de cuerpo y alma, celebrando con risa la vida al igual que una buena cosa. ¡Por desgracia, se detiene con complacencia mi mirada ante aquella representación del yo de aquel entonces que ya no es el yo de hoy! Al verme a mí mismo, siento yo una especie de vacilación al igual que cuando se encuentra uno con un amigo o un pariente por casualidad y ni recuerda los rasgos de ellos tras tan larga ausencia y, a veces, así me pasa a mí y a duras penas logro reconocerme a mí mismo. A decir verdad poco me parezco a mí mismo.

Desde aquella época, ¡tantas cosas han pasado por mi pobre cabeza! Mi fisionomía física y moral está completamente cambiada.

Bajo el aliento glacial del prosaísmo, he perdido una tras otra todas mis ilusiones, cayeron de mi alma como las flores del almendro al soplar un cierzo frío y las pisotearon los hombres con sus pies de fango; mi mente adolescente, manipulada y contaminada por sus toscas manos, no ha conservado nada de su frescor y pureza primitivos; ni la flor, ni la suavidad ni el brillo, todo ha desaparecido; como el ala de la mariposa que deja entre los dedos un polvo de oro, azul y carmín, ha dejado ella su sustancia olorosa en el índice y el pulgar de quienes querían cogerla mientras volaba como Sílfide.

Al igual que mi mente, se fue mi juvenil cuerpo; se han hundido mis rechonchas mejillas sonrosadas como unas manzanas; se hizo horizontal y pálida mi boca que siempre reía y que uno hubiese tomado por una amapola inmersa en un cuenco de leche; se dibuja en partes llanas fuertemente marcadas mi perfil; empieza a dibujarse en mi frente una arruga precoz; ya no tienen mis ojos esa humedad límpida que les hacía brillar como dos manantiales inundados de sol; los han cansado y enrojecido las vigilias y las penas y se han hundido sus órbitas de modo que ya se pueden ver los huesos debajo de la piel, es decir el cadáver debajo del hombre, la nada debajo de la vida.

¡Oh! ¡Si pudiese volver hacia atrás! Pero lo hecho está hecho y no hay que pensar más en ello.

Entre todos esos cuadros, uno en particular descuella netamente al igual que al término de una llanura uniforme, un bosquecillo de árboles, una flecha de iglesia dorada por el sol poniente.

Es el priorato de mi tío el canónigo; todavía lo veo, detrás de la colina, entre los altos castaños, a dos pasos de la capilla de Saint-Caribert.

Es como si estuviera en este momento en la cocina; reconozco el techo cubierto de vigas de roble ennegrecidas por el humo; la pesada mesa de pies macizos; la estrecha ventana con vidrieras que no dejan pasar más que una media luz borrosa y misteriosa, digna del interior de una casa de Rembrandt, unas tablas dispuestas una encima de otra en las que están colocados una gran cantidad de utensilios de cobre amarillo y rojo, de formas raras, unas fundiéndose con la oscuridad, otras desprendiéndose del fondo, una lámina saliente en la parte luminosa y unos reflejos en el borde; ¡Nada ha cambiado! Los platos, las fuentes de estaño, luminosas como la plata; unas vasijas de loza con flores, unas botellas abombadas; unos muy finos frascos de alargado gollete tales como se encuentran en los cuadros de los antiguos maestros flamencos ; todo se encuentra en el mismo sitio, se ha conservado minuciosamente el menor detalle. En el rincón de la pared, irisado por un rayo de sol, veo la tela de araña a quien, de niño, le daba moscas tras cortarles las alas, y el perfil grotesco de Jacobus Pragmater reflejado en una puerta condenada en la que el yeso se ve más blanco. Resplandece el fuego; sube el humo arremolinándose por la plancha de chimenea que lleva el escudo de Francia; se escapan de los tizones que crepitan unos haces de chispas; gira lentamente delante de la llama una magnífica polla cebada preparada para la cena de mi tío. Oigo el tic tac del asador, el chisporroteo de las ascuas y de la grasa que cae gota a gota en la grasera candente. Berta, vestida con delantal blanco arremangado en las caderas, la rociaba con salsa de vez en cuando con una cuchara de madera y vela por ella como una madre por su hija.

Y se abre el portón del jardín. Entra con pasos acompasados Jacobus Pragmater, el maestro de escuela, teniendo en una mano un bastón de acebo y en la otra, la mano de la pequeña María que ríe y canta...

¡Pobre niña! Al escribir tu nombre, tiembla una lágrima en la extremidad de mis húmedas pestañas. Se encoge mi corazón.

¡Que Dios te guarde entre sus ángeles, dulce y hermosa criatura! Lo mereces porque me querías mucho y desde que ya no me acompañas en la vida, me parece que no existe nada alrededor mío.

Deben crecer las hierbas altas encima de tu sepultura porque allá moriste y nadie fue a verte: ni yo mismo a quien tú preferías entre todos y a quien llamabas tu querido marido.

¡Perdóname! ¡Oh María! Hasta el momento, no he podido hacer el viaje; pero iré, buscaré el lugar y para descubrirlo, me fijaré en lo que dicen todas las cruces y cuando lo haya encontrado, me arrodillaré, rezaré un largo rato para que se consuele tu sombra y, en la lápida cubierta de musgo, echaré tantas guirnaldas blancas y azahares que tu sepultura se parecerá a una canastilla de boda.

¡Por desgracia! Así es la vida. Es un camino áspero y montuoso: muchos se cansan antes de alcanzar el término; adoloridos y ensangrentados los pies, muchos se sientan al borde de una cuneta y cierran los ojos para no volverlos a abrir. Mientras va caminando uno, se reduce el cortejo: veinte éramos al inicio y uno llega solo a la hostelería del hombre, el ataúd; porque a poca gente le toca morir de joven... y no eres, oh María, la única pérdida que he de lamentar.

Murió Jacobus Pragmater, murió Berta; descansan olvidados al fondo de un camposanto campestre. Tom, el gato preferido de Berta no sobrevivió a su dueña: murió de dolor en la silla vacía donde se sentaba ella para hilar y nadie lo enterró pues ¿quién se interesaba por ese pobre Tom excepto Jacobus Pragmater y Berta ya vieja?

Solamente me he quedado yo para acordarme de ellos y escribir su historia a fin de que no se pierda su memoria.

II

Era una noche de invierno, al adentrarse el viento en la chimenea, éste hacía que salieran de ella unos extraños lamentos y gemidos parecidos a esos suspiros vagos y desarticulados que envía el órgano repercutiendo los ecos de la catedral. Las gotas de lluvia azotaban los cristales de la ventana emitiendo un sonido claro y plateado.

Estábamos solos María y yo; perezosamente sentados en la misma silla, pegaditos los dos, mi brazo alrededor de su cuello, el suyo alrededor del mío, casi tocándose nuestras mejillas y mezclándose los rizos del pelo; tan tranquilos, tan descansados, tan desprendidos del mundo, tan indiferentes a lo que nos rodeaba que oíamos vibrar nuestras carnes, latir nuestras arterias y estremecerse nuestros nervios. Nuestro aliento venía a romper en nuestros labios como una ola en la arena produciendo un ruido suave y monótono; palpitaban nuestros corazones al unísono; se abrían y se cerraban nuestros ojos en forma simultánea; todo en nuestras almas y en nuestros cuerpos estaba en armonía y vivía de concierto o mejor dicho teníamos una sola alma, habiendo la simpatía fusionado nuestras existencias en una sola y única individualidad.

Un fluido magnético entrelazaba alrededor nuestro sus filamentos mágicos tal como una rejilla de seda de mil colores, salía uno de cada átomo de mi ser que iba uniéndose a un átomo de María; estábamos tan poderosa e íntimamente atados que estoy seguro de que la bala que hubiera alcanzado a uno de los dos, hubiera matado al otro sin tocarlo.

¡Oh! ¡Quién pudiera, a cambio de lo que me queda de vida, devolverme uno de esos minutos tan breves y tan largos de los que encierra cada segundo una novela interior, un drama completo, una existencia entera, no de hombre sino de ángel!

¡Afortunada edad de las primeras emociones en que la vida le aparece a uno como a través de un prisma, florida, tornasolada, tachonada de los colores del arco iris en que van unidos el pasado y el porvenir en un presente sin penas mediante dulces remembranzas y una esperanza sin defraudar! ¡Edad de la poesía y del amor en que uno no experimenta maldad alguna porque no ha conocido desgracia alguna! ¿Por qué has de pasar tan rápido y por qué todos nuestros remordimientos no pueden hacerte volver una vez pasada dicha edad!

Ha de ser así, tal vez; pues ¿quién quisiera morir y darles lugar a otros si nos tocara a cada quien preservar esa virginidad de alma y las alegres ilusiones que la acompañan? Un niño es un ángel caído del cielo a quien Dios ha cortado las alas al ponerlo en la tierra. ¿Pero quién aún recuerda su primera patria? Avanza él con pasos tímidos por los caminos de los hombres y completamente solo; desflora su inocencia por el contacto de ellos y pronto se le ha olvidado que viene del cielo y que debe volver allá.

Sumergidos en la contemplación uno del otro, no pensábamos en nuestra propia vida, espectadores de una existencia al margen de nosotros mismos habíamos olvidado la nuestra.

Sin embargo, esa especie de éxtasis no nos impedía captar hasta el menor ruido interior, percibir el menor juego de luces en los oscuros rincones de la cocina y los intersticios de las vigas: en el fondo de nuestras pupilas se dibujaban con claridad las sombras divididas en átomos barrocos; los reflejos resplandecientes de los calderos, los diamantes fosfóricos cuya luz se reflejaba en las cafeteras plateadas proyectaban rayos prismáticos en cada una de nuestras pestañas. El sonido monótono del cuco posado en su armario de roble, el crujido de las vidrieras de plomo, las jeremiadas del viento, el cacareo de los haces de leña llameantes en el hogar de la chimenea, todas las armonías domésticas llegaban a nuestros oídos con claridad, cada una con su propia significación. ¡Nunca jamás habíamos entendido tan plenamente la felicidad casera así como las indefinibles voluptuosidades hogareñas!

Estábamos tan contentos de estar allá, callados y al abrigo del frío, en un cuarto caliente, delante de un fuego luminoso, solos y sin apuro alguno mientras afuera llovía, venteaba y granizaba; disfrutábamos de una tibia atmósfera de verano mientras el invierno al crujir sus blancos dedos de escarcha, bramaba a dos pasos, separado de nosotros por un cristal y una tabla. Cuando silbaba aguda y reiteradamente el cierzo y arreciaba la lluvia, nos estrechábamos el uno contra el otro para sentirnos más fuertes y nuestros labios, que iban desuniéndose dejaban escapar un profundo y sordo "¡Ah, Dios mío!".

-¡Ah, Dios mío! ¡Pobre gente la que viaja!

Y nos callábamos para oír los ladridos del perro de la finca, el brusco galope de un caballo en el camino principal, el graznido de la ronca veleta y por encima de todo, el grito del grillo agazapado entre los ladrillos del hogar, barnizados y de color bistre por la presencia del humo secular.

-Me gustaría ser un grillo - dijo la pequeña María al poner sus rollizas manos color rosa en las mías – sobre todo en invierno: escogería una grieta la más cercana posible al fuego y allí me pasaría el tiempo calentándome las patas. Cubriría la celdilla de barba de cardo y de diente de león; recogería los plumones que flotan por el aire, haría de ellos un colchón y una almohadilla muy suaves y muelles y me acostaría encima. De la noche a la mañana cantaría la pequeña canción del grillo imitando su sonido y no trabajaría ni iría a la escuela. ¡Oh, qué alegría! Pero no quisiera tener el color negro que tienen ellos... ¿Y a ti, Teófilo, no te parece que tener ese color es feo?

Y al pronunciar dichas palabras, lanzó ella una coqueta mirada hacia la mano que estaba en la mía.

-¡Estás loca! –dije besándola-. Y tú que no puedes quedarte ni un minuto tranquila, te aburrirías rápido con esa vida rutinaria y durmiente. Ese pobre grillo recluido en su ermita no ha de divertirse mucho; nunca ve el sol, ese lindo sol de cabello dorado, ni el zafiro cielo con sus hermosas nubes de todos los colores; su única perspectiva es la plancha de chimenea, los morillos y los tizones; no oye otra música que la del cierzo y la del tic tac del asador...

! Vaya aburrimiento...! Si quisiera ser otra cosa, me gustaría más bien ser una libélula.

-¡Cuéntame! ¡Estupendo! ¡Es tan preciosa!

-Tiene un corsé de esmeralda, un diamante en lugar del ojo, unas grandes alas de gasa plateada, unas patitas endebles y aterciopeladas. ¡Oh, si fuera una libélula...! ¡Cuánto me gustaría volar por el campo, por allí, por allá, a mi antojo... a lo largo de los setos de espino blanco, de las moreras salvajes y de los abiertos escaramujos! Rozando con la punta del ala un botón de oro, una maya inclinada por la fuerza del viento, iría, correría de la brizna de hierba al abedul, del abedul al roble, unas veces por entre las nubes, otras veces a ras de tierra, rayando la superficie de las transparentes aguas del río, importunando a los coleópteros purpúreos posados en las hojas del nenúfar y ahuyentando a los pequeños gobios que se mueven, bulliciosos y miedosos...

En lugar de un agujero en la chimenea, tendría por morada la copa alabastrina de una azucena o la campánula azul de alguna correhuela, alfombrada con perlas de rocío. Viviría de las fragancias y del sol, lejos de los hombres, lejos de las ciudades, en una paz profunda, sin preocuparme por nada, tan solo jugando alrededor de las variegadas cañas del estanque uniéndome al zumbido de las cuadrillas y de los vals de las moscas pequeñas...

Estaba a punto de empezar otra frase cuando me interrumpió María.

-¿A ti no te parece que ha cambiado la voz del grillo? Varias veces me pareció oír palabras claramente articuladas mientras cantaba él y hablabas tú. Al inicio pensé que era el eco de tu voz pero ahora estoy muy convencida de lo contrario. Oye, vuelve a empezar.

Efectivamente una voz aguda y metálica salía de la celdilla del grillo:

- Niño, si crees que me aburro, te equivocas y me sorprenden tus palabras: infinidad de distracciones tengo yo y tú las ignoras; las horas en la celdilla que a ti te parecen largas pasan como si fueran minutos. El hervidor me canta a media voz su canción, la savia que sale por la extremidad de los leños echando espuma me silba aires de caza; las brasas que crujen y las chispas que chisporrotean tocan dúos cuya melodía escapan a sus humanos oídos. El viento que se adentra en la chimenea canturrea baladas fantásticas y me cuenta historias misteriosas.

Luego suben las pavesas de fuego y, para divertirme, las orientan las salamandras, amigas mías, formando haces resplandecientes, luminosos globos rojos y amarillos, lluvias plateadas que recaen como azulados chorros; llamas multicolores que llevan purpúreos vestidos bailan el fandango en los ardientes tizones mientras asomado yo al borde de mi palacio, me caliento y me recaliento hasta que enrojezca mi negro corsé; y saboreo a mis anchas todas las voluptuosidades de la indolencia y el bienestar casero.

Al anochecer, les escucho a ustedes charlar y leer. El invierno pasado, Berta les contaba a la par que hilaba, espléndidos cuentos de hada: l'Oiseau bleu, Riquet à la houppe, Maguelonne y Pierre de Provence. Disfrutaba con ellos y me los sé casi todos de memoria. Espero que este año, se sabrá otros y que seguiremos pasando noches alegres.

Pues, ¿no es mejor vivir así en lugar de ser una libélula y errar a campo través?

Está bien en verano pero al llegar el otoño cuando se arremolinan les hojas color del azafrán, cuando empieza a escarchar, cuando la neblina, fría y cortante, con sus innumerables filamentos raya el cielo gris, cuando la escarcha envuelve las desnudas ramas con centelleante pelusa; cuando ya no hay flores para alojarse por la noche ¿qué hacer? ¿Adónde ir a secarse las alas empapadas con la lluvia? El sol ya no da lo suficiente para atravesar las nubes y ya no se puede volar y además, si se pudiera, ¿adónde ir?

¡Adiós a los setos de espino blanco, a los botones de oro y a las mayas! La nieve lo ha cubierto todo; las aguas que rozaba una al pasar ya no forman más que un cristal sólido, ya murieron las rosas, idas las fragancias; las golosas aves la agarran a una y la meten en su pico llevándola al nido para saciarse de sus carnes. ¿Cómo huir, debilitada por el ayuno y el frío? Los polizones del pueblo la cogen a una y la meten en el pañuelo y luego la prenden en el sombrero con un alfiler largo. Allí presa, la exhiben como una escarapela viva y una sufre mil muertes antes de morir. Por mucho que agite sus suplicantes patas, nadie le presta atención porque los niños al igual que los ancianos son crueles: los unos porque aún no sienten y los otros porque ya no sienten.

III

Ya que es poco probable que hayan visto ustedes la caricatura dibujada al carboncillo de Jacobus Pragmater en la puerta de la cocina de mi tío el canónigo y que resulta poco factible que vayan a *** para verla, tendrán ustedes que contentarse con un retrato hecho con pluma.

Jacobus Pragmater que desempeña en esta historia el papel de la fatalidad antigua siempre había tenido sesenta años: había nacido con arrugas, lo había moldeado la naturaleza a propósito para hacer de él un pertiguero o un maestro rural; y ya era pedante cuando lo dejaban al cargo de una niñera.

De joven, había escrito en bastardilla el Ave María y el Credo en un círculo de pergamino del tamaño de un escudo pequeño. Lo había presentado al señor marqués de *** de quien era el ahijado; éste, tras haberlo examinado detenidamente, exclamó en repetidas ocasiones:

-¡Aquí tenemos a un chico que no es manco!

Gustaba él de contarnos aquella anécdota o "aquella apotegma"; como la llamaba él y los domingos, después de tomarse dos dedos de vino y ya de buen humor, agregaba a manera de reflexión que el marqués de *** era sin lugar a dudas el gentilhombre más espiritual y mejor educado de Francia a quien jamás hubiese conocido.

Ademas de los importantes cargos de maestro de escuela ocupó otros no menos importantes como los de perdiguero, chantre o campanero de los que se sentía orgulloso por igual. En las horas de descanso, cuidaba el jardín de mi tío y, en invierno, leía a escondidas una o dos páginas de Voltaire o de Rousseau porque siendo mitad sacerdote o algo más, según decía él, semejante lectura no hubiese sido conveniente en público.

Tenía una mente áspera pero precisa a pesar de todo pero sin nada de untuosidad. No entendía nada de poesía, nunca se había enamorado y no había llorado una sola vez en su vida. No tenía ninguna de las encantadoras supersticiones del campo y siempre regañaba a Berta cuando nos contaba ella un cuento de hada o de aparecido. En el fondo, creo que pensaba que la religión solo servía para el pueblo. En unas palabras, era la prosa encarnada, la cortedad de la prosa, la prosa de Barême y de Lhomond.

Su apariencia compaginaba a la perfección con su condición. Tenía algo de pobre, de mezquino, de incompleto que daba a la vez lástima y ganas de reír. Entre las pocas canas, le brillaba el cráneo levemente abollado, sus blancas cejas se erizaban en matorral encima de dos pequeños ojos verde mar, parpadeantes y hundidos en una pata de gallo de arrugas horizontales. Su nariz alargada tal un frasco de alambique, cubierta de verrugas y embadurnada con tabaco, se inclinaba amorosamente hacia la barbilla.

Así que cuando nos divertíamos con juegos de niños y que a uno le tocaba besar a alguien por pagar una prenda, las chicas siempre lo escogían a él en presencia de su madre o de su amante.

Realzaba con brillo esas ventajas naturales el atuendo de su dueño: solía llevar un vestido negro raído con botones tan anchos como unas tabaqueras, medias y calzones de color incierto, zapatos de hebillas y un tricornio que llevó puesto mi tío durante dos años antes de regalárselo.

¡Oh digno Jacobus Pragmater! ¡Quién no se hubiera reído al verte llegar por el portón del jardín, mirando hacia arriba, con las mangas caídas de tu amplio traje que flotaban pegadas al cuerpo como si hubiesen sido un rollo de papel que te salía por la mitad del bolsillo! Hubieras alisado la frente del mismísimo spleen!

Como de costumbre nos abrazó, su barba hirsuta pinchó las rollizas mejillas de María, me dio una palmada en la espalda y sacó del bolsillo un corazón de alajú envuelto en papel con reflejos y rayas dorados que compartió con María y conmigo.

Nos preguntó si nos habíamos portado bien. La respuesta fue afirmativa y categórica como era de esperar.

Para recompensarnos, prometió regalarnos una figura en color.

Se oyeron los zuecos de Berta en las escaleras, ya había terminado su servicio con mi tío y vino a sentarse junto a la chimenea.

Sentada en las rodillas de Pragmater casi a pesar suyo -porque ella no lo soportaba pese a sus caricias- corrió María a instalarse en las rodillas de Berta.

Le contó a ella lo que habíamos oído e incluso le repitió algunos estribillos de la balada que había memorizado.

Berta la escuchó con seriedad y bondad y cuando terminó de hablar María, Berta dijo que todo lo podía Dios; que los grillos eran la felicidad de la casa y que al matar a uno por descuido, se sentiría perdida.

La increpó con severidad Pragmater por creer en cosas tan absurdas y le dijo que era una lástima inculcar a los niños supersticiones en que solo creen las mujeres y que además, si podía coger él de la chimenea, lo mataría para mostrarnos que la vida o la muerte de un bicho malo era perfectamente insignificante.

Yo quería bastante a Pragmater porque siempre me daba algo; pero en ese momento, me pareció tener la ferocidad de un caníbal y de buen grado hubiera clavado los ojos en él. E incluso ahora que el engranaje de la vida y el paso del tiempo me han consumido el alma y endurecido el corazón, me reprocharía a mí mismo el haber matado a una mosca como si hubiera cometido un crimen y pienso, al igual que el buen Tobías, que el mundo es suficiente amplio para dos.

Durante dicha plática, lanzaba el grillo sus agudas y vibrantes notas a través de la voz sorda y cascada de Pragmater, cubriéndola algunas veces, lo que impedía que se oyera.

Perdiendo la paciencia, dio Pragmater un puntapié tan violento del lado de donde parecía venir el canto que varios copos de hollín se desprendieron y con ellos, la celdilla del grillo que se puso a correr en la ceniza tan rápido como podía para alcanzar otro agujero.

Por desgracia, el rencoroso maestro de escuela lo vio y pese a nuestros gritos, lo agarró por una pata en el momento en que entraba en el intersticio de dos ladrillos. Viéndose perdido, el grillo abandonó valientemente su pata que se quedó entre los dedos de Pragmater tal un trofeo y luego se adentró el grillo en el agujero.

Sin el menor sentimiento, Pragmater tiró al fuego la pata que todavía se movía.

Berta alzó los ojos al cielo con preocupación, juntando las manos. María se puso a llorar y yo le di a Pragmater un poderoso puñetazo como nunca hubiese dado en mi vida. Pero ni le prestó atención.

Sin embargo, el triste y serio semblante de Berta provocó en él un momento de inquietud por lo que había hecho yo, lo invadió un destello de duda pero el volterianismo suyo pronto volvió a aparecer y un ¡bah! acentuado con fuerza resumió su alegato interior.

Se quedó unos minutos más pero sin saber cómo reaccionar y optó por marcharse.

Fuimos a acostarnos muy apenados y la mente llena de funestos presentimientos.

IV

Transcurrieron varios días tristes pero nada extraordinario vino a verificar las aprensiones de Berta.

Esperaba ella que ocurriese alguna catástrofe: el daño causado a un grillo siempre trae mala suerte.

-Verá, Pragmater –decía ella- que nos va a pasar algo inesperado.

Ese mismo mes recibió mi tío una carta que venía de lejos, muchos sellos la adornaban y estaba completamente ennegrecida de tanto viajar. Esta carta le avisaba que la casa del banquero T***, en la que había invertido sus ahorros, acababa de quebrar y que por lo tanto se encontraba en la imposibilidad de devolver el dinero a sus acreedores.

Estaba arruinado mi tío, solo le quedada su modesta prebenda.

Tal noticia había hecho vacilar a medias la conciencia de Pragmater, quien se dirigía a sí mismo crueles reproches. Berta lloraba mientras hilaba para tercero para ayudar en algo.

En cuanto al grillo, enfermo o irritado, no se había oído su voz desde la noche fatal. Había intentado el asador entablar conversación con él pero permanecía mudo en el agujero.

Pronto se sintió en la cocina los efectos de ese revés de la fortuna. Se redujo la comida a una simplicidad evangélica. ¡Adiós a las rubias pollas cebadas tan apetitosas en su lecho de berro, a las suculentas perdices envueltas con tocino, a las nacaradas truchas cubiertas de rojas estrellas! ¡Adiós a las mil golosinas de las que solo las religiosas y amas de curas conocen los secretos! La fibrosa carne hervida con su corona de perejil, las coles y las verduras del huerto componían la modesta cena de mi tío.

Sangraba el corazón de Berta cuando había de servir esos sencillos y groseros manjares; los dejaba con desdén en el borde de la mesa y apartaba su mirada de ellos. Casi se escondía para prepararlos como un artista de mucho talento que hace una muestra para la cena. La cocina, antaño tan alegre y bulliciosa, tenía un aire de tristeza y de melancolía.

Incluso el apacible Tom parecía entender la desgracia que había ocurrido: se quedaba días enteros sentado en sus ancas sin permitirse el menor salto; el cuco contenía su voz plateada y emitía sonidos graves; las cacerolas, desocupadas, daban la impresión de morirse de aburrimiento; tendía sus brazos negros la parrilla como si llevara una vida ociosa; ya no se acercaban junto a la chimenea las cafeteras para charlar: estaba muy pálida la llama y un leve humo subía triste y penosamente por la plancha de la chimenea.

A pesar de su filosofía, no pudo mi tío vencer sus penas. Ese anciano elegante, tan gordo, encarnado y risueño, con papada y la pantorrilla todavía firme, ese alegre convidado que cantaba después de tomar unas copas, seguramente no lo hubieran reconocido.

Había envejecido más en un mes que en treinta años. Estaba completamente desganado. Los libros con los que más disfrutaba dormían olvidados en los estantes de la biblioteca. El magnífico ejemplar (Elzevir) de las Confesiones de San Agustín, ejemplar que mucho apreciaba y que enseñaba con orgullo a los curas de los alrededores, ya no lo cogía a menudo al igual que los demás; una araña había tenido tiempo de tejer su tela en el dorso.

Permanecía días enteros en su sillón cubierto de tapiz mirando el paso de las nubes por los losanges de la ventana, inmerso en un mar de dolorosas cavilaciones; pensaba con amargura que ya no podría juntar para Pascua o Navidad a sus viejos camaradas de escuela con quienes había compartido la magra sopa del seminario ni alegrarse de verse tan lozano y vigoroso después de tantos cumpleaños celebrados juntos.

Había que cuidar de esas sabrosas botellas de vino añejo, por completo cubiertas de polvo que guardaba debajo de la arena en el lugar más profundo de su bodega y que reservaba en las grandes ocasiones. Una vez vacías éstas ya no había dinero para comprar otras.

Lo que le apenaba sobre manera era de no poder seguir repartiendo limosna entre los pobres de su parroquia y tener que despedirse de ellos con un "¡Qué Dios les bendiga!"

Pocas veces bajaba al jardín y no le prestaba la mínima atención a las plantaciones de Pragmater y bien hubiera podido uno pisar sus girasoles sin que dijera: ¡Ah!

Llegó la primavera. Por mucho que sus flores inclinaran la cabeza para darle los buenos días, no les devolvía el saludo e incluso la alegría de la estación parecía aumentar su melancolía.

No se arreglaban sus negocios y creyó que su presencia sería necesaria para sanearlos de una vez para siempre.

Para él, un viaje a *** era una empresa tan terrible como el descubrimiento de América. Lo aplazó tanto como pudo porque desde que salió del seminario, nunca había dejado su pueblo metido en medio de los bosques como un nido de aves y le costaba mucho separarse de su casa parroquial de blancos muros y de verdes contraventanas en la que había escondido su vida ante los malos ojos de los hombres.

Al irse, dejó entre las manos de Berta una bolsita bastante ligera para sufragar los gastos de la casa durante su ausencia y prometió volver pronto.

Por cierto todo eso parecía muy natural sin embargo, estábamos profundamente emocionados y no sé porqué me parecía que no volveríamos a verlo más y que era la última vez que él nos hablaba. Por lo que María y yo lo acompañamos al pie de la colina, trotando con todas nuestras fuerzas por ambos lados del caballo suyo para quedarnos más tiempo con él.

-Ya es suficiente, niños – nos dijo- no quiero que vayan más lejos. Podría preocuparse Berta por su ausencia.

Luego alzó a cada uno de nosotros en el estribo, nos besó muy tiernamente en las mejillas y dio espuelas. Lo seguimos con la mirada unos minutos.

Una vez llegado en lo alto de la eminencia, giró la cabeza para ver, por última vez, el campanario de la iglesia parroquial y el techo de pizarra de su pequeña casa y al vernos en el mismo lugar, hizo un gesto amistoso con la mano como para decirnos que estaba contento. Siguió su camino y pronto una curva hizo que desapareciera bajo el horizonte.

Entonces, me recorrió un estremecimiento y derramé lágrimas. Me pareció que acababan de poner encima de él la tapa del ataúd y de clavar en ella el último clavo.

-¡Oh! ¡Dios mío! – suspiró intensamente María – ¡Mi pobre tío! ¡Era tan bueno!

Y movió la cabeza mirándome, nadando sus ojos puros en un fluido abundante y claro.

A la orilla del camino, una urraca, posada en un árbol, desplegó sus abigarradas alas y al vernos pasar, se echó a volar emitiendo discordantes gritos y luego se fue a posar en otro árbol.

-A mí no me gusta oír el graznido de las urracas –dijo María estrechándose entre mis brazos con gesto de duda y temor.

-¡Bah! - repliqué - le voy a tirar una piedra. Tendrá que callar ese bicho malo.

Abandoné los brazos de María, recogí una piedra y la tiré a la urraca. La piedra alcanzó una rama encima de ella y rayó la corteza: dio saltitos el pájaro y siguió graznando de manera burlona y ronca.

-¡Ah! ¡Ya está bien ¡ - exclamé – ¿así que quieres mofarte de mí?

Y otra piedra se dirigió silbante hacia el pájaro pero había apuntado mal: la piedra atravesó las primeras hojas y se fue a caer del otro lado en un campo de alfalfa.

-Déjala tranquila –dijo la niña poniendo su delicada mano en mi hombro- no podemos impedir que grazne.

-Está bien – contesté.

Y seguimos nuestro camino.

Estaba el cielo gris y oscuro y aunque estábamos en primavera, soplaba un cierzo bastante cortante; se sentía la tristeza en el aire al igual que en los últimos días de otoño. Estaba pálida María: una leve aureola azulada rodeaba sus lánguidos ojos, parecía cansada e inclinaba más que de costumbre su cabeza en mi hombro; me sentía orgulloso de sostenerla y aunque estaba yo tan cansado como ella, bien hubiera caminado dos horas más.

Volvimos a casa.

La casa parroquial ya no tenía el mismo aspecto: no hace mucho estaba tan alegre, tan animada y ahora no era más que silencio y muerte; se había ido el alma de la casa y no era más que un cadáver.

A pesar de su incredulidad, Pragmater asentía con la cabeza de manera preocupada. Berthe seguía hilando y Tom, sentado frente a ella, seguía con la mirada los movimientos de la rueca agitando la cola con gravedad.

Me hubiera aburrido extremadamente sin los paseos que dábamos con María por los extensos bosques y campos para capturar abejorros y libélulas.

III

Pocas veces cantaba el grillo y ya no entendíamos su canto; terminamos pensando que éramos el juguete de una ilusión.

Sin embargo, una noche, estuvimos solos los dos en la cocina, sentados en la misma silla al igual que el día en que había hablado con nosotros. Apenas ardía el fuego. Alzó la voz el grillo y pudimos entender perfectamente lo que decía: se quejaba del frío. Mientras cantaba él, se había apagado casi por completo el fuego.

Emocionada por la queja del grillo se arrodilló María y ella misma empezó a soplar, el fuelle estaba colgado de un clavo, fuera de nuestro alcance.

Disfrutaba yo viéndola, hinchadas e iluminadas las mejillas con los reflejos de la llama, el resto de su cuerpo estaba inmerso en la oscuridad. Su cara se parecía a la de los querubines con alas que vemos en los cuadros de las iglesias bailando en corro alrededor de las místicas glorias de la Virgen y de los santos.

Al cabo de unos minutos, tras echar un puñado de ramas secas el hogar se iluminó intensamente y logramos ver, en el borde del agujero, a nuestro amigo el grillo que extendía sus patitas hacia el fuego como si fueran dos manitas. Parecía disfrutar enormemente calentándose. Sus ojos, del tamaño de la cabeza de un alfiler, irradiaban satisfacción. Cantaba con sorprendente vivacidad y con tono muy alegre un aire discontinuo que no oía muy bien y que no he retenido.

Transcurrieron algunos meses y no teníamos más noticias de mi tío como si estuviera muerto.

Una tarde, sin saber cómo matar el tiempo, subió Pragmater a la biblioteca para coger un libro y, al abrir la puerta, una violenta corriente de aire apagó la vela pero como había claro de luna y conocía a los seres de la casa, no pensó que fuese necesario volver a bajar para buscar lumbre.

Se fue por el lado por el que sabía donde estaba ubicada la biblioteca. Se cerró la puerta violentamente como si alguien la hubiese empujado. Un rayo de luna, más intenso y tornasolado, atravesó por los cristales amarillos de la ventana.

Ante su gran estupefacción, Pragmater vio bajar en ese hilo de luz al igual que un acróbata en una cuerda tensa, un fantasma de una singular especie: era el fantasma de mi tío, es decir el fantasma de su vestimenta ya que él mismo estaba ausente. Caía su ropa de largos pliegues y en la extremidad de las mangas vacías, unos guantes le ceñían las manos, en lugar de su cabeza había una peluca y en lugar de los ojos, centelleaban como gusanos fosfóricos, unas gruesas antiparras. Ese extraño personaje entró directamente al aposento y siguió todo recto hasta la biblioteca. Era como si tuviera suelas de pana porque deslizaba sobre las losas sin el menor crujido o sonido furtivo que pudiese hacer creer que las hubiese rozado.

Después de tocar y desplazar algunos volúmenes, sacó del estante el libro de San Agustín (Elzevir) y lo puso en la mesa. Luego se sentó en el sillón rameado, levantó uno de sus guantes a la altura en que hubiera tenido que estar su barbilla, abrió el libro en el lugar en que estaba marcado un pasaje con un registro de balduque azul, como alguien a quien hubiese interrumpido y se puso a leer hojeando con vivacidad.

Se ocultó la luna y pensó Pragmater que no podría seguir estando allí. Pero los cristales de sus anteojos, parecidos a ojos de gato o de búho brillaban por sí mismos y relucían como carbúnculos. Salían de ellos luces amarillas que alumbraban las páginas del libro tal como lo hubiera hecho una vela. Ponía tanto afán en su lectura que sacó del bolsillo un pañuelo blanco que le sirvió para enjugarse varias veces el espacio ficticio que representaba su frente como si hubiese sudado la gota gorda...

Con su timbre quebrado, el reloj de pared sonó sucesivamente las diez, las once y al dar las doce, se levantó el fantasma y volvió a poner en su lugar el precioso libro.

El cielo estaba gris y las desenfrenadas nubes corrían prontamente de este a oeste; volvió la luna a mostrar su faz blanca mediante una desgarradura de éstas. Salido de sus ojos azules invadió el aposento un rayo y el misterioso lector se subió en él apoyándose en su bastón y se fue del mismo modo con el que había entrado.

Aturdido con tantos prodigios y muriéndose de miedo, al digno maestro de escuela le castañeaban los dientes y entrechocaban sus huesudas rodillas emitiendo un sonido seco como una carraca. No pudo aguantar más de pie: un estremecimiento de fiebre recorrió su frente y cayó de espaldas cuan largo se es. Al oír la caída, acudió Berta a verlo, asustadísima. Lo encontró en la baldosa, yacente y sin conocimiento, estrechando su mano la vela apagada.

A pesar de sus ideas volterianas a Pragmater le costó mucho explicarse la extraña visión que acababa de tener; toda su fisionomía se miraba turbada. Sin embargo, no podía dudar de lo que había visto, él mismo era su propio garante, no había ninguna superchería posible de suerte que se hundió en sus pensamientos y se quedaba largas horas en su silla con la compostura de un hombre singularmente perplejo.

En vano llegaba Tom, el manso morrongo a frotar sus bigotes contra su mano caída y Berta le preguntaba con tono muy ameno:

-Pragmater, ¿piensa usted que será un buen año para la vendimia?

VI

No teníamos ninguna noticia de mi tío.

Una mañana, lo vio Pragmater rozando, tal un pájaro, la arena de la alameda del jardín en el borde de la cual sus girasoles favoritos inclinaban sus discos de oro llenos de semillas negras; con su mano de sombra o la sombra de su mano, intentaba poner recta una de las flores que había encorvado el viento e intentaba hacer todo lo que se puede para reparar la negligencia de los seres vivos.

Estaba despejado el cielo, iluminaba el jardín un alegre rayo de otoño; dos o tres palomos, posados en el techo, se aseaban bajo el sol; jugaba con algunas hojas amarillas un cierzo indolente y dos o tres plumas, caídas de las alas de las palomas se arremolinaban dulcemente en esa tibia atmósfera. No era la puesta en escena de una aparición y un espectro un tanto hábil no se habría mostrado en un lugar tan positivo y a una hora tan poco fantástica.

Un arriate de girasoles, un cuadro de coles, unas cebollas bien granadas, perejil y acedera, a los once de la mañana, nada más natural.

Esta vez, Jacobus Pragmater estuvo convencido de que no se podía echar la aparición sobre las espaldas de un efecto de luna y de un juego de luces.

Entró en la cocina, todo pálido y tembloroso y le contó a Berta lo que acababa de ocurrirle.

-Nuestro buen amo ya murió – dijo Berta sollozando – ¡Pongámonos de rodillas y recemos para que descanse en paz!

Juntos recitamos oraciones fúnebres. Tom, inquieto, erraba alrededor del grupo y con sus pupilas verdes, nos lanzaba unas miradas inteligentes y casi sobrehumanas; parecía preguntarnos el secreto de nuestro dolor súbito y lanzaba leves maullidos quejumbrosos y suplicantes para llamar la atención.

-¡Por desgracia, mi pobre Tom – dijo Berta acariciándole el lomo con la mano- no te calentarás en invierno en la rodilla de tu amo en la linda habitación roja y ya no comerás cabezas de pescado en el borde de su plato!

Pocas veces cantaba el grillo. Parecía muerta la casa, tenía el día colores macilentos que apenas penetraba por los cristales amarillos, se amontonaba el polvo en las habitaciones desocupadas, de un rincón a otro tejían sin cesar las arañas su tela haciendo que fuese inútil pasar el plumero; la pizarra del tejado antes de un azul tan intenso y alegre tomaba colores plomizos; verdeaban los muros como cadáveres, se descomponían los postigos, no se juntaban las puertas; la ceniza gris del abandono, fina y tamizada, cubría el interior hace poco tan dichoso y tan curiosamente limpio.

Se acercaba el otoño, ya llevaban sobre sus hombros las friolentas colinas los rojizos pelajes de la estación, subían desde lo hondo del valle espesos bancos de neblina y leves ranuras de neblina rayaban el cielo color plomizo.

Teníamos que quedarnos días enteros en casa porque estaban encharcadas las praderas y los caminos dañados no permitían que saliéramos a menudo de paseo.

Desmejoraba María a ojos vistas y adquiría su apariencia una extraña belleza; se agrandaban sus ojos y se iluminaban tal como la aurora de la vida celeste; ya resplandecía en ellos el cercano cielo. Movíanse sus ojos suavemente como dos globos de plata bruñida con languideces de claros de luna y rayos de un azul aterciopelado que ningún pintor sabría reflejar: los colores de sus mejillas, concentrados en lo alto de sus pómulos como nubecillas rosadas reforzaban aún más el divino resplandor de sus ojos sobrenaturales en los que se concentraba una vida pronta a echar a volar, los ángeles del cielo parecían observar la tierra por aquellos ojos.

Salvo sus dos manchas purpúreas, pálida era su piel como cera virgen, sus sienes y sus transparentes manos dejaban ver un delicado entrelazamiento de venas azuladas; la superficie de sus labios sin color se deshacía formando pequeñas películas laminosas: andaba mal de pecho.

Como tenía yo la edad para ingresar al colegio, decidieron mis padres que volviera a la ciudad puesto que ya se habían enterado de la muerte de mi tío que por un camino de difícil acceso se había caído de caballo y partido el cráneo.

Un testamento encontrado en su bolsillo nombraba a Berta y a Pragmater sus únicos herederos con la excepción de la biblioteca que a mí me tocaba heredar y de un anillo de diamantes de su madre destinado a María.

Mi despedida de María fue de la más triste, sentíamos que no nos volveríamos a ver. En el umbral de la puerta me abrazó y me dijo al oído:

-Toda la culpa la tiene ese villano de Pragmater: quiso matar al grillo. Volveremos a vernos en el paraíso. He aquí un pequeño crucifijo que he hecho yo misma por ti; guárdalo siempre.

Al mes se apagó María. A partir de esa fecha, ya no cantó el grillo. Se había ido el alma de la casa. Berta y Pragmater no sobrevivieron a ella por mucho tiempo y murió Tom de languidez y de aburrimiento poco después.

He conservado el crucifijo de perlas de María. Por una dulce delicadeza de la que me di cuenta mucho más tarde, había puesto María unos de sus lindos cabellos rubios para ensartar las perlas de cristal de las que estaba compuesto; ¡Casto amor infantil tan puro que confiar podía su secreto a una cruz!

VII

Aquellas escenas de mi primera infancia me impresionaron de tal modo que nunca se han borrado de mi memoria; recuerdo de la manera más intensa el sentimiento del hogar y de las voluptuosidades domésticas.

Como la del grillo, ha transcurrido mi vida junto al hogar, viendo arder los tizones. Mi cielo ha sido el marco de la chimenea; mi horizonte, la plancha negra y blanca cubierta de hollín y de humo; un espacio de cuatro pies en el que hacía menos frío que en cualquier parte, mi universo.

He pasado largos años con la pala y la tenaza; sus cabezas de cobre han adquirido por el contacto de mis manos un brillo semejante a él del oro de tal forma que he llegado a considerarlas como parte integrante de mi cuerpo. La cara de mis morillos se ha gastado por los empujones de mis pies y las suelas de mis pantuflas están cubiertas de un barniz metálico. Me sé de memoria todos los juegos de luz y llama y podría dibujarlos sin verlos todos los edificios fantásticos que produce el derrumbamiento de un leño o el desplazamiento de un tizón.

Nunca me he salido de ese microcosmos.

Así sé mejor que nadie todo lo que se refiere al interior de la chimenea; ningún poeta es capaz de trazar mejor que yo un cuadro más exacto y completo. He observado con minucia todo lo que el hogar tiene de íntimo y misterioso y puedo decirlo sin orgullo dado que he dedicado toda mi existencia a su estudio.

Por eso me he quedado ajeno a las pasiones humanas, tan solo he visto del mundo lo que se podía ver por la ventana. Me he replegado sobre mí mismo; sin embargo he vivido feliz, sin tener remordimiento del pasado, sin deseo del mañana. Caen en la eternidad mis horas, una tras otra, como las plumas de un pájaro en el pozo, suavemente, suavemente; y si el reloj de madera, situado en el rincón de la pared no me avisara de la caída de ellas con su voz chillona y ronca como la de una anciana, por cierto no me daría cuenta.

Tan solo algunas veces en el mes de junio, cuando está caliente y claro el día y azul el cielo como la niña de una inglesa, cuando roza el sol las sucias fachadas negras de las casas de la ciudad, cuando cada quien se retira al lugar más recóndito de su habitación, cierra las persianas, corre las cortinas y queda tendido en su muelle otomana con el sudor que perla la frente, me aventuro a salir.

Voy de paseo, vestido como de costumbre es decir con traje de paño, guantes, corbata y abotonado hasta el cuello.

Entonces escojo la calzada sin sombra y camino las manos en los bolsillos, el sombrero inclinado como la torre de Pisa, los ojos medio cerrados, apretando con fuerza mis labios un cigarrillo cuyo humo rubio se enrolla alrededor de mi cabeza como un turbante; camino todo recto sin saber adónde voy, despreocupado de la hora o de cualquier pensamiento que no sea él del presente, en un perfecto estado de quietud moral y física.

Así voy...viviendo para vivir, tal como un dogo que se revuelca en el polvo o ese nene que traza círculos en la arena.

Después de caminar mucho y al sentirme cansado, me siento a orilla del camino, apoyada la espalda contra el tronco de un árbol y se pierden las miradas mías a la izquierda, a la derecha, bien por cielo bien por la tierra.

Ahí permanezco mañanas o tardes enteras, sin moverme, cruzadas las piernas, la barbilla en el pecho, caídos los brazos, parecido a un ídolo chino o indio olvidado en el camino por un bonzo o un brahmán.

Sin embargo, no vayan a pensar que el tiempo así pasado sea tiempo perdido. Esa muerte aparente es mi vida.

Esa soledad e inacción, insoportables para cualquier persona, son para mí una fuente de indefinibles voluptuosidades.

No se dispersa mi alma por fuera, mis ideas no se van a la aventura por entre les cosas del mundo, saltando de un objeto a otro; todo mi poderío vital, toda mi fuerza intelectual se centran en mí mismo; escribo versos, excelente ocupación ociosa, o pienso en la pequeña María, quién en las mejillas tenía rosadas manchas.

Índice